U0064099

歡迎來到圖書館!

書和書架

圖書館
管理員

圖書館
目錄終端機

?!
一起來探索圖書館,看看
裏面還有什麼東西吧!

社區體驗系列
圖書館奇遇記

作者：許恩實（허은실, Eunsil Heo）
繪圖：鄭文主（정문주, Munjoo Jeong）
翻譯：何莉莉
責任編輯：黃花窗
美術設計：陳雅琳
出版：新雅文化事業有限公司
香港英皇道499號北角工業大廈18樓
電話：（852）2138 7998
傳真：（852）2597 4003
網址：http://www.sunya.com.hk
電郵：marketing@sunya.com.hk
發行：香港聯合書刊物流有限公司
香港新界大埔汀麗路36號中華商務印刷大廈3字樓
電話：（852）2150 2100
傳真：（852）2407 3062
電郵：info@suplogistics.com.hk
印刷：中華商務彩色印刷有限公司
香港新界大埔汀麗路36號
版次：二〇一八年十月初版

ISBN: 978-962-08-7134-4
Original title: My Secret Library Friend
Text and Illustration © Woongjin ThinkBig Co., Ltd., 2018
All rights reserved.
This Traditional Chinese Edition was published by Sun Ya Publications (HK) Ltd. in 2018 by
arrangement with Woongjin ThinkBig Co., Ltd. through Eric Yang Agency.

Traditional Chinese Edition © 2018 Sun Ya Publications (HK) Ltd.
18/F, North Point Industrial Building, 499 King's Road, Hong Kong
Published and printed in Hong Kong

社區體驗系列

圖書館奇遇記

許恩實 / 著　　鄭文主 / 圖

新雅文化事業有限公司
www.sunya.com.hk

兒童圖書館

　　小團今天來到了圖書館，圖書館叔叔親切地跟他打招呼，「今天一個人過來嗎？你以前經常跟哥哥一起來的呀。」

　　「哥哥去了朋友家裏玩。」小團沒精打采地回答叔叔之後，便走進了兒童圖書館。

兒童圖書館裏面，有些孩子正在安靜地閱讀，有些正在挑選圖書。

小團也從書架上拿了一本書，正在讀着。但是今天哥哥不在，總是覺得有點兒無聊。

「啊，對了！上次跟哥哥來的時候，看過一本很有趣的書呢！」

小團馬上去找那本書，但是卻不知道書放在哪裏。於是，小團決定去問圖書館管理員。因為圖書館管理員是負責管理所有圖書的，一定會知道書放在哪裏。

「你好，請問可否幫我找一本書？」

圖書館管理員用圖書館目錄終端機來幫助小團檢索那本書。

透過圖書館目錄終端機，我們可以知道任何一本書的存放位置。

書名是什麼呢？

書名是《和恐龍一起度過愉快的一天》。

首先，在圖書館目錄終端機上輸入書名，然後按檢索。

如果畫面上出現「可借閱」的字樣，就說明圖書館裏有這本書。

和恐龍一起度過愉快的一天

可借閱

然後，把畫面上出現的索書號記下來。這個索書號將告訴你書的所在位置。

JJ 9044

索書號的開首是「JJ」，表示這本書是兒童繪本。

　　圖書館管理員按照索書號，帶小團來到放置《和恐龍一起度過愉快的一天》的書架前。

　　那裏附近，故事媽媽正在給小孩子們講故事呢。

　　圖書館管理員在書架上仔細地尋找那本書，「在這裏！」然後把書遞給了小團。

請去圖書館裏面
可以看到活着恐
龍的地方！

你的神秘朋友

小團坐下來開始看書，但是翻到第3頁的時候，突然看見裏面有一張奇怪的便條紙。

「請去圖書館裏面可以看
到活着恐龍的地方！
你的神秘朋友」

看到這張筆跡似曾相識的便條紙，小團
很好奇到底哪位神秘朋友是誰呢？

圖書借閱

「要把這本書借回家，認真讀一遍才行。」小團心想，然後拿着書走向圖書館管理員。

要借這本書嗎？

對！我想試試用自助借書終端機來借書。

14

把書放在自助借書終端機上，然後選擇外借。

把圖書證上的條碼對準終端機上的條碼閱讀器。

借閱完畢！

把書帶回家好好閱讀，9月23日之前來還書就可以了。

謝謝你！

還書日期
9 月 23 日

小團把書裏面的便條紙給圖書館管理員看。

「如果要看到活着的恐龍，那應該是指在電腦裏面的恐龍吧？你可到兒童多媒體資料室看一看！」圖書館管理員回答。

小團從兒童圖書館裏走出來，來到圖書館導覽前仔細看。

來到兒童多媒體資料室後，小團被嚇了一跳，因為所有人都正在看電腦。

小團東看看西看看，但是沒有看到恐龍和神秘的朋友。

這個時候，另一位圖書館管理員向着小團走了過來，說：「需要幫助嗎？」

小團馬上把便條紙給了圖書館管理員看。

　　圖書館管理員很快就為小團找來了幾張恐龍光碟，說：「雖然我不知道那位神秘朋友是誰，但是活着的恐龍應該是指這些吧……」

　　小團打開了一張封面畫着一隻巨大恐龍的光碟盒子，裏面竟然又有一張便條紙！

　　「快去圖書館裏面可以吃到恐龍餅乾的地方。
　　　　　　　　　　　　　　　　你的神秘朋友」

「恐龍餅乾？啊，對了！我和哥哥一起在商店裏面吃過的！」

小團向着商店走去，心砰砰直跳呢！

但是，這到底是怎麼一回事呀？

哥哥正坐在商店裏，向着小團揮手呢！

「哦，難道那位神秘朋友就是哥哥你嗎？」

「嗯，因為哥哥很想知道你能不能自己一個人去圖書館，所以在得到了圖書館管理員的同意後，準備了這個驚喜。小團你自己一個人也做得很好呢。」

小團看着哥哥，開心地笑了起來，「但是，我還是更喜歡和哥哥一起來！」

圖書館知多一點點

圖書館是珍藏着許多圖書的地方，人們可以盡情地閱讀自己喜愛的圖書，也可以免費把圖書借回家閱讀。

在圖書館裏，要遵守哪些規則呢？

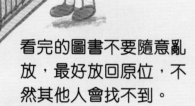

看完的圖書不要隨意亂放，最好放回原位，不然其他人會找不到。

請勿大聲說話，以免影響到其他人。

請勿在圖書上塗鴉，看書時也要小心翻閱，不要撕壞圖書。

請勿一邊看書，一邊吃東西。

請勿跑跳嬉戲。

在圖書館裏，除了看書還可以做什麼呢？

在圖書館裏還可以溫習。

在圖書館裏也可以看電影。

有時候，圖書館還會舉行藝術作品展覽。

圖書館亦會定期舉行一些講座或活動。

圖書館裏充滿着有趣的圖書，和朋友們一起去看書會更有趣。你們也一起來圖書館體驗一下吧！

和朋友一起看圖書真的很有趣呢！